斯文 안명기 특선시집

노을에 피는 꽃

도서출판 댕글

서문
시인의 말

사문/ 안명기

시는 감정, 사상, 그리고 상상력을 함축된 간결한 언어로 상징과 이미지, 리듬을 통해 정서적 경험을 전달합니다. 이런 비유를 통해 독자에게 다양한 해석과 감상을 불러일으키며, 형식적인 면에서는 자유로울 수 있지만, 대부분 짧고 응축된 언어를 사용하는 반면,

수필은,
개인의 생각이나 경험을 보다 직접적이고 자유롭게 서술하는 산문 형식의 문학입니다.
비교적 논리적인 흐름을 가지고 있지만 지나치게 엄격하지는 않고 개인적이고 주관적인 시각을 통해 독자에게 작가의 경험과 사상을 솔직하게 전달하고, 자신의 경험과 생각을 돌아볼 기회를 제공합니다.
이렇게 볼 때 시와 수필은 같은 문학이기는 하지만 장르 면에서는 엄연히 다르다고 할 수 있습니다.
하지만 요즘은 시와 수필의 경계가 모호해져서 어느 것이 詩 인지, 수필인지, 잘 구별하기가 어렵습니다. 시는 시다워야 하고, 수필은 수필다워야 한다고 생각합니다. 그러한 면에서 이 작은 시집을 출간하면서 많이 고민할 수밖에 없었습니다. 나야말로 위에 열거한 차이를

극복할 수 있을까? 하는 걱정이 앞섰기 때문입니다.

　그러나 이 시집을 대하는 독자들에게 심판을 받아 보고자 감히 용기를 내어 봅니다.

　이 작은 시집을 준비하는 동안 감정의 깊은 골짜기와 기쁨의 정점을 넘나들었으며 그 과정에서 시는 나의 동반자이자 거울이었습니다.

　처음 시문학에 입문할 때부터 자연과 우정, 사랑과 이별, 슬픔과 희망 등, 이 모든 것을 진솔하고 감동적으로 노래하고 싶었습니다. 그것이 곧 독자들과 공감할 수 있는 감정일 것으로 생각했기 때문입니다.

　사진작가가 카메라에 세상을 담아내듯 시인 또한 한 편의 짧은 시로 세상의 한 단면을 담아내는 내는 것은 아닐는지요?

　약 40여 편의 시를 통해 많은 독자와 소통하기를 바라며 그러기 위해서는 군데군데마다 감상평과 자작시를 직접 쓰고, 지을 수 있도록 여백을 두었습니다. 혹시라도 이 시집이 독자들의 가슴 한켠에 작은 불씨로 남을 수 있다면, 그것만으로도 이 길고 길었던 여정이 결코 헛되지 않았다고 생각합니다.

　마지막으로, 이 시집을 접하는 모든 이들에게 위로와 깊은 사유의 시간을 안겨주길 바라며, 또한 삶 속에서 작은 쉼이나마 되기를 진심으로 바랍니다.

秋愁 추수

斯文/安明基

秋風　萬山霞
추풍　만산하

閒雁　伴雲悠
한안　반운유

菊香　隨露散
국향　수로산

寒林　月夜幽
한림　월야유

가을 향수

사문/ 안명기

가을바람에 물든 산천은
온 산을 노을처럼 붉게 물들이고

한가로운 기러기
유유히 구름 속을 노닐지만

그 짙었던 국화 향기도
아침 이슬 따라 흩어지네

차가운 숲속에 달빛도 내리고
밤은 깊어 고요 속에 잠기네

contents

제 2 부

제 3 부

제 4 부

✎ 맺는말// 사문/ 안명기

제 1 부

🐦 작은 간이역

낡은 의자
가까스로 남은
한 줌의 작은 흔적

향기 없는 바람이
그 흔적마저 쓸고 간다

잠시
멈추는 정거장

그리움을 안고
기다림과 이별의 연속

잠시의 스침 속에
스며든 추억

희미한 불빛 안고
사라지는 얼굴 하나

바람처럼 머물다 떠나는
작은 정거장

이제는 정말
다시 돌아갈 수 없는…

🐦 갈잎이 떨리는 밤

아직
채 붉지도 않은 이파리는

애증의 잔상을 남기고
이별을 준비하는데

바삭이는 갈잎의 숨결은
그리움을 향한 떨림의 몸부림인가?

짙푸른 잉크 빛 침묵의
깊은 떨림인가?

아!
찢기듯 아픈
가을이여!

어둠조차도
반쯤은 숨어 버린 이 밤

시작과 끝을 알 수 없는
뫼비우스의 띠처럼
어둠이 밟아 버린
이름조차 없는 경계에서

9월의 첫날은
그렇게 흔들리고 있네

🐌 새벽 그리움

밤새 울던
밤새 소리는

우물가 아낙들의
두레박 소리에 묻히고

새벽 참새 울음에
사립문이 열리고

찔레꽃 망울 위에
힘겹게 매달린 이슬방울

가만가만
마당 위로 굴러지면

시·분·초 마디마다
매달린 빛바랜 추억들

심장 한복판에
꼬~옥
묻어두련다

감상한 날	넌, 월, 일
이 시를 읽고 느낀 점	

✎자작시 짓기

🖋 하얀 먹구름

이른 새벽
추위가 내려앉은
앞집 감나무 가지 위

흰 새 울음소리가
아침을 깨웁니다

열린 여명 사이로
짧은 빈 모가지
길게 빼 들고

저편 하늘
기억조차 삼킨 그리움에

검게 타버린 하얀 먹구름을
타는 심정으로 기다립니다

감상한 날	년, 월, 일
이 시를 읽고 느낀 점	

✎자작시 짓기

🖋 서리꽃 편지

별 밤에
그대 향한 그리움에
복사 빛 꽃 편지를 쓴다

창가에 핀
서리꽃이 질 때까지
쓰다가 지우고 또 써 본다

끝내 부치지 못하고
저 먼 그리움의 언덕을
가슴으로가슴으로 바라만 본다

어쩌다가
총총히 박힌 별들이
툭! 떨어져 내리는 날

아니,
장작불로 태워진 눈꽃이
소태보다도 더 쓴 타는 그리움에
나폴나폴 춤을 추며 내려오는
그 어느 먼 훗날

그대 귓전에
눈 밟는 소리 들리거든
나인 양 두 귀 쫑긋 세워 주소서

🖋 연보랏빛 사월

하얀
사과꽃 위

흰 뭉게구름에
연보랏빛 사월

고운 햇살
두 손에 고이 담은

찔레 향 묻어나는
흰 꽃 그리움

보리피리 바람에 싣고
당신의 숨결 속에 파묻힌

난
참 행복한 사람입니다

감상한 날	년, 월, 일
이 시를 읽고 느낀 점	

✎자작시 짓기

🖋 벚꽃 향기

벚꽃 한 잎 두 잎
흩날리는 꽃비에

저마다 가지에는
젖망울 부풀어 오르고

스치는 봄바람은
고운 님 향기 실어 오고

벚꽃 향기
몽글몽글 피어나는 이 봄에

귀에 꽂은
풀꽃 그리움에

흔적만
소분소분 쌓여만 갑니다

감상한 날	넌, 월, 일
이 시를 읽고 느낀 점	

✎자작시 짓기

🖋 목련

무심코
지나친 나날들

코끝에
머물렀던 향기

아슬아슬
터질 듯한
봉긋한 젖가슴

고백
사랑한다는 그 말

삼키고
삼켰던 그 말
이젠
힘든 고백의 입술

아!
이제야
터져 나오는
비밀의 속삭임

🐦 봄비

투두둑
떨어지는 봄비에

바람 타고
오시려나

이 밤을
다 삼키도록

가슴속에 번지는
핏빛 그리움

감상한 날	년, 월, 일
이 시를 읽고 느낀 점	

✍자작시 짓기

🦢 검은 꽃잎

깊이 긁힌
파인 두 고랑에

연모화 꽃씨를
뿌려준 너

향기로 피워낸
꽃잎 두 장

그 향기 가슴을
물들게 한 너

넓고 푸른
하늘을 덮었고

깊고 짙푸른
바다를 닮았던

어둡고
좁았던 꽃잎 두 장

감상한 날	년, 월, 일
이 시를 읽고 느낀 점	

✍자작시 짓기

🐌 아픈 기적

창틈 사이로
토르륵 톡톡

연초록 감잎에
맺히는 빗방울

새벽잠
살곰히 깨우는 소리

몽글몽글
작은 기적을
예감하며 창문을 연다

어제 같은
또 다른 작은 기적을…

감상한 날	년, 월, 일
이 시를 읽고 느낀 점	

✎자작시 짓기

✍ 열정

침묵이 미소로
흐르는 것은

너의 큰 사랑이
아침 이슬보다
영롱하기 때문이었다

그 벅찼던 희열
불꽃 같은 열정

이젠
지우련다

아픈
사랑이었기에

감상한 날	년, 월, 일
이 시를 읽고 느낀 점	

✎자작시 짓기

제 2 부

🖋 메밀꽃이 필 때면

하얀 파도
순백의 물결
온 산자락을 휘감으면
낯선 향이 코끝을 간지럽힌다

춤추는 햇살 사이로
먼 옛날의 기억이
말없이 피어나네

꼭꼭 묻어두었던
가슴 아픈 이야기도

가슴에 아름다운
여운만 남긴 채
바람처럼 흩어지겠지!

흐르는 계절 속에
피고 지는 메밀꽃처럼…

감상한 날	년, 월, 일
이 시를 읽고 느낀 점	

✎자작시 짓기

🐌 봄씨

봄씨를 뿌리자

파랗게 익어 갈
새벽빛에 봄씨를

새초롬히 피어나는
진달래 미소처럼

발알갛게 물든
향기 담은 꽃처럼

그곳
향기 짙은
깊숙한 그곳에

감상한 날	년, 월, 일
이 시를 읽고 느낀 점	

✎자작시 짓기

🖎 봄 소리

봄비 소리에
사랑의 옷자락이 적고

생명이
움트는 소리에

푸릇푸릇
풀 내음 들춰내고

돌돌돌
돋아 오르는
돌나물 소리

보송보송한
진홍빛 사랑의 꽃은

너의 미소를 닮은
봄 선물 한 아름 가득

감상한 날	넌, 월, 일
이 시를 읽고 느낀 점	

✍자작시 짓기

🪶 새벽 꽃비

새벽
가로수 길

설렘으로 차오르는
여명의 빛

비 꽃은 나폴나폴
나비 되어 하늘을 맴돌고

연분홍 꽃비는
눈꽃 되어 내려앉네

반짝반짝
은빛 윤슬처럼 부서지는
금빛 추억의 조각들

이제는
내려와 사~알짝
눈을 감네

감상한 날	년, 월, 일
이 시를 읽고 느낀 점	

✎자작시 짓기

✎ 봄새

또르르
이슬방울 구르는
새벽 끝자락

숲속
차가운 바람 타고
부서지는 홀로 남은 별빛

바위틈에 아로새긴
너의 이름아!

잊히려야 잊힐 수 없어
바람 앞에 떨며 서 있습니다

감상한 날	년, 월, 일
이 시를 읽고 느낀 점	

✎자작시 짓기

🕊 봄의 언덕

언덕에 앉은 봄
졸고만 있네

반으로 잘려나간 달빛
금빛 여운을 남기며
구름 사이로 숨네

푸른 언덕 위
성긴 구름은
너털너털 웃음 짓고

사~알~짝 숨죽인
이랑이랑 사이로
흩어지는 꽃잎
눈처럼 내리네

감상한 날	년, 월, 일
이 시를 읽고 느낀 점	

✎자작시 짓기

🖊 봄바람에 실려

앞집
살구꽃 배시시 웃고

담장 위 덩굴장미는
송골송골 꽃망울 맺었는데

바람 타고
날아든 고운 선율

아! 그대 향기 쫓아
봄 고개 너머 따라가는 길

고와서
행복하더라

그 너머
숲속 깊은 오솔길

청천 햇살에도
어둠 타고 눈멀까?

호롱불 밝혀
그대 찾아가려 하네

보랏빛 저녁노을 넘어
너의 웃음소리 닿는 그곳으로…

별꽃에 묻힌 아픔

조밀 조밀한
밤공기에

하나둘
보이는 밤별들

별꽃 되어
발등에 내려앉는다

커진 아픈 그리움을
감당할 수 없어

밤하늘을
별꽃으로 수 놓는가?

발끝에
내려앉은 별빛은

가슴 깊이
번져오는데…

🖋 솔바람 향기

라일락보다
더 진한 향기가

솔바람 타고
양 볼을 간지럽히더라

풀잎에 매달린 이슬방울
햇살에 살짝 비친 실루엣

가슴 한 언저리에
너의 얼굴이 파고들더라

살짝살짝 스치는 바람에
금빛 물결에 파문이 일면

하얀 백합꽃 너를
서성서성
기다리고 있겠더라

감상한 날	년, 월, 일
이 시를 읽고 느낀 점	

✎자작시 짓기

🐌 연연 戀緣

사알~짝
어두운 밤을 밝히는
보랏빛 설레임

백목련 잎잎마다
잉크 몇 방울

톡!
보랏빛 편지지에
하얀 그리움을 담은
구름 편지를 쓴다

고요가 찾아오는
저녁이면
더욱
선명하게 재잘대는
저 봄 새 소리

아!
너여!

감상한 날	년, 월, 일
이 시를 읽고 느낀 점	

✎자작시 짓기

🐌 봄의 빈자리

엉큼한 봄바람이
앞집 떫은 감나무잎에 내려앉는데

푸른 잎사귀에
스쳐 가는 설익은
봄 빛깔 속에서

이제는
봄이,
봄이 아니 되어 버린 봄

풀 내음조차
흩어지는 것은
낯선 차가운 바람

누가
그 봄을 쓸어갔을까?

감상한 날	년, 월, 일
이 시를 읽고 느낀 점	

✎자작시 짓기

✎ 초록별

윤슬처럼
일렁이는 큰 울림 하나

배꽃처럼
흩어져 내리는 하얀 밤

밤새 몸을 태워
울어 대던 봄밤의 꿈

초록별
흩어져 내리던
낮달 창가에

또르르
굴러떨어지는
그 별마저 황홀하더라

꿈결인 듯
속절없이 깊어지는
깊은 밤하늘의 속삭임

가슴에 스며든 그리움 한 방울
톡!
떨어지더라

제 3 부

✐ 청보리 밭길로 가자

청보리 밭길로 가자
봄이 익어 가는

푸른 파도보다
더 푸르게 넘실거리는

바스락 밭고랑마다
청잣빛 구름이 몽글거리는

종달새 날갯짓에
추억하나 숨겨 놓은

산바람 불어오고
물안개 피어나는 강기슭

사랑이
술처럼 익어 가는

그곳,
청보리 밭길로 가자

감상한 날	년, 월, 일
이 시를 읽고 느낀 점	

✎자작시 짓기

🐦 청 보랏빛 사랑

속살 같은 풀 눈
산바람 흔들림에
곰실곰실 눈을 뜬다

노란 유채꽃은
서러운 속내 감춘
잔잔한 바람 속
그리움의 아픈 잔물결

뾰로롱뾰로롱
종달새의 고운 노래마저
하늘 끝에 숨겨진 외로움

푸르른 하늘 위
미소 머금은 듯한
저 흐르는 꽃구름아!
그리도 아파 우느냐?

물안개 피어오르는
저 강 언덕 위

숨어 파고든
청보라빛 사랑하나

🪶 민들레 홀씨처럼

마알간
아침 이슬에

하얀 박꽃 같은
너의 얼굴 반짝이고

붉게 솟아오른
노란 개나리 하나

물안개 낀 강 길섶에
바람 따라 흩날리는
민들레 홀씨처럼

서늘한 바람 불어올 때면
너의 향기 맡을 수 있게

한 잎의 그림자인 양
너와 함께하리

감상한 날	년, 월, 일
이 시를 읽고 느낀 점	

✎ 자작시 짓기

🐚 조용한 속삭임

쉿!
귀 기울어 보렴

바스락
너의 소리가 들려

힘겨운
너의 발소리가

후~우~
크게 숨 한번 쉬어 보렴

이제 들려
숨 트는 너의 소리가

여명
밝아 오는
저 소리가

감상한 날	년, 월, 일
이 시를 읽고 느낀 점	

✎자작시 짓기

🐦 희망

한겨울
매서운 한파에도
청 소깝에 불을 지피고

축축하게
내리는 봄비에는
연둣빛 싹이
새롭게 돋아나고

천둥 먹구름에도
반딧불처럼 반짝이는
동녘 별

가을엔
하얀 사과꽃 향기
나불나불

눈, 비 내리고
소나기가 몰아쳐도
기어이 오고 마는

아!
경이로운 이 날
오늘이 새롭다

🐌 비와 나

비 오는
소리가 참 좋다.

봄비는
촉촉이 젖은
아련한 발자국 소리 같아서 좋고

굵게 쏟아붓는 여름비는
가슴 조였던 추억에
젖을 수 있어 좋다

추적추적 내리는
가을 빗소리는
잊고 지낸 사랑을
들추어낼 수 있어 좋고

겨울비는
찬바람이 쓸고 간
가슴 한구석을
찬비 아닌 찬비가
따뜻한 연탄불 같아서 좋다

그래서
난 비 오는 오늘이 참 좋다

🖋 絶望詩 절망시

고왔던
은빛 낮달마저도
흑빛 밤을 만나니

차갑게 채색된 흑빛
어둠을 안고 다가온다

봄 잠을 깨우는
두견화 터지는 소리에도

환하게 밝혀주던
등불마저 눈물만 흘리는데

아!
겨울 찬바람이여!

검붉은 흑비黑雨
흘리는 것을
그 누가 무엇으로 막아 내랴

감상한 날	년, 월, 일
이 시를 읽고 느낀 점	

✎자작시 짓기

🖋 너 1

동그란
까만 두 눈동자
세상 하나 거뜬히 품었네

지나가는 바람조차
너의 숨결에 머물고

떠도는 한 점 구름마저
배가 되어 하늘을 건넌다

꿈결 세상에
사랑을 품은 행복에

반짝반짝 윤슬처럼 빛나는
예쁜 사랑 하나 흠뻑 품었으니

광풍보다
더 크게 일어나는 욕심

너, 너는
사랑의 세레나데

🐌 너 2

빨간 장미꽃
커튼 사이로

빠꼼이 얼굴을 내민
살갗게 눈 부신 햇살

시렸던 머리맡에
살곰살곰 다가와

곰살맞게 간질이던
시리도록 고운 햇살

앞산 텃밭에서
들려오는 종달새 소리

아프도록 고운
찬란한 아침의 소리소리들

오~
그대여
당신은 진정 5월의 여왕

🐦 내일의 만남

아침을 여는
산새들의 재잘거림

초록의 하늘빛 바람
가슴에 스며든다

오솔길을
자박자박 걸어오는

잔잔한 그림자는
윤슬처럼 반짝이고

오늘을 떠난
내일이 머물러야 할 그곳

어제가 오늘의
청춘이었다네

감상한 날	년, 월, 일
이 시를 읽고 느낀 점	

✎자작시 짓기

🕊 봄꽃이 지듯

꼭
가야 한다면

아름답게
가리라

아침에
청사더니

황금 노을엔
흰 눈이 반짝이네

이제
그만 자박자박
걸어가자

뒤돌아
보지 말고

다시 올
새봄을 기다리는
봄꽃처럼

노을에 피는 꽃

제 4 부

🐦 인생

풀잎에
대롱대롱 매달린 물방울
쫑알쫑알 쫑알거립니다

아침 햇살에
작별 인사를 건넵니다

사랑,
지우려 하는
아픈 그리움의 흔적

떨어지는
한순간 떨어지는
한 방울의 물방울인 것을…

감상한 날	년, 월, 일
이 시를 읽고 느낀 점	

✍자작시 짓기

🐌 나팔꽃 사랑

새벽 타고 오는 바람
코끝에 맴돌고

시린 속내 감추고
어쩜!
저리도 붉게 타오를까?

사르르 숨죽여 내린
아침 이슬에
봄 앓이 하던 나팔꽃

사랑이었나!

이글거리다 사라질 사랑이었나,
타다 만 잿빛 흔적이었나?

밤새 흠뻑 젖어
촉촉이 녹아 수줍음에 떨던
갈라진 두 장의 꽃잎이었네

감상한 날	년, 월, 일
이 시를 읽고 느낀 점	

✍자작시 짓기

🕊 밤을 깨우는 소리

저 멀리서
개 울부짖는 소리가 들린다

한밤에 내리는
봄비 소리와 뒤엉켜
점. 점. 점.
광음廣音으로 들린다.

봄비는
꾸역꾸역 내리고자 하나

우리가 다져 놓은
꽃피울 이 땅에
다시 또 내리고자 하지만

누구인가?
도둑인가 강도인가?

알 수 없는 불안
이 미친 개소리는
어디로 향한 것일까,

✍ 삶

저 멀리
아주 저 멀리
잠시 앉았다 가는
너 붉은 노을아!

아침에 태어난
이슬꽃을 잊지 못해
머뭇거리고 있는가?

그래도
그냥그냥
가는 너

어찌하랴
바람 따라 흩어져
말라버릴 저 앞 저 꽃잎은…

감상한 날	년, 월, 일
이 시를 읽고 느낀 점	

✎자작시 짓기

🕊 이 아침이여

야트막한 앞산
까치발 디뎌 고개 들어 본다

하늘엔
하얀 솜사탕 꽃구름

수채화보다
상긋한 오솔길

찰랑찰랑
눈 부신 햇살

부서질까 겁이 나
가만가만 밟아 본다

너 없는
이 고운 날에
골이 깊다 한숨 짓네

너 없는
이 아침이여!

🖋 바람에 담긴 여인

청아한
밤바람의 속닥거림

잔잔하게
일렁이는 은하수 물결

다정한 눈빛 웃음에
수줍게 꽃물결이 인다

석류꽃 벌어진
낮은 담장 위

이슬 머금은
하얀 햇살이 파실파실 웃는다

이곳을 지나
떠도는 바람아 구름아

내겐 심장을 파고든
여인이 있단다

바람 타고 온
여인이었기에
오늘 밤도
못내 몸부림치고 있단다

🖎 붉은 꽃

밤하늘 송골송골
하나둘씩 피어 나는
별꽃 송이들

기다리다 지쳐
툭!
떨어지는 별꽃 한 송이

아침 이슬
그 맑은 영롱함에
반짝 몸을 사리는
담장 밑 한 떨기 채송화

밤하늘
별꽃보다도

담장 위
한 송이 장미꽃보다도

더 고운
붉은 웃음꽃

🖋 왜

꽃별아!

하얀 달빛 쏟아지면
푸른 돌담길 따라와 주실까?

청자색 옥잠화가
이지러지면
밤이슬 도둑맞듯 오실까!

하나둘
쌓이는 목메임이
천 년을 지새우면
그 사람 와 주시려나

공한 달빛이
바람에 실려 올 듯한

이 밤이 지나면

바알간 석류꽃은 또 한 송이
피어나겠지?

🕊 코스모스 같은 여인

너
코스모스 같은 사람아!

꽃잎
한 장 한 장에 서린
그대 향한 떨림

은색의
살찐 달 떠 오르면

금빛 물결처럼
밀려오는 아픈 그리움

사라질 수 없는 향기로
소살소살 코끝에 스치는

너!

그리움 받쳐 든
코스모스 같은 여인아!

감상한 날	년, 월, 일
이 시를 읽고 느낀 점	

✎자작시 짓기

🐚 추색 秋色

내리쬐던 폭염도
차츰 야위어 가고
풀잎 끝에 머문 바람이
마른 숨결마저 삼켜 버린다

먼 산 노송 끝에 매달린 노을빛도
가을의 첫걸음인 찬바람에 시린 듯

숨겨 둔 햇살 속 초록 이야기들
끝내 들려주지 못한 채

또 한 고개를 넘어야 할
그 운명조차 거스르고 싶네

감상한 날	년, 월, 일
이 시를 읽고 느낀 점	

✎자작시 짓기

🖎 가을엽서

윤슬 같은
금빛 바람에
설거렁 거리던
은빛 갈대는

목화송이 같은
구름 사이로
진 붉은 물감 흩뿌려
가을의 길목을 터 주고

심쿵 거리는
청자색 가슴에는
한 뼘 높이의 돌탑에
작은 돌 하나 얹는다

너를 위해
책갈피에 고이 접어 둔
잉크 빛 엽서 한 장

태양보다
더 붉게 타는 낙엽 위에
다시 또 너를 써 내려간다

감사 말씀

시집을 마무리하며

시집을 마무리하며 졸시로 채워진 시를 감상해 주신 독자 한분 한분께 진심으로 감사의 마음을 전합니다.

또한, 여백으로 남긴 옆 페이지를 잘 활용하셨으리라 생각합니다.

이 시를 통해 독자들의 마음에 작은 울림이나 여운을 남김으로써 잠시나마 위로의 공간이 되었다면 이보다 더 큰 기쁨은 없을 겁니다.

시를 한 편, 한 편 지으며 고민할 때마다 저 또한 깊은 사유와 성찰의 시간이었으며, 그 여정에 독자 여러분과 함께할 수 있었던 위안의 시간이었기에 그 기쁨은 배가 되었습니다.

이 시집을 통해 독자 여러분께 한 걸음 더 가까이 다가갈 수 있어서 행복했습니다.

독자 여러분 각자의 마음에 따뜻한 위로로 남기를 소망합니다.

끝으로,
소중한 시간을 내어 감상해 주신 독자 한 분 한 분에게
머리 숙여 감사드립니다.

비록 흰 눈이 온 대지를 하얗게 뒤덮고 북풍한설이 살
갗을 파고들지만, 언 땅속에서는 어느새 새로운 생명이
꿈틀거리며 내일의 희망을 준비하고 있는 듯합니다.
독자 여러분의 가정 가정마다 사랑과 행복이 충만하길
기원합니다.

을사년(乙巳年) 정초(正初)에
고산장천高山長川 정亭에서
사문/ 안명기 拜

감성이 풍부한 시인 사문/ 안명기 시집

노을에 피는 꽃

초판발행   2025년 02월 03일

지은이   사문/안명기

발행처   도서출판 댕글

표지 디자인 백 종 민

편 집   안 명 기

등 록   제 2022 - 000018호

주소 서울특별시 강동구 명일로 27길 31

전화 (대표) 010 - 9449 - 6691

E-Mail: fame111222@naver.com

정가:13,500원

ISBN: 979-11-978756-8-7